PARA O DUDU, MENINO DE IDEIAS.
PARA A VÓ MARIA CARMEN
E PARA O VOVÔ BEM

Copyright © 2011 Ana Elisa Ribeiro
Ilustrações © 2011 Rosinha

Edição geral
Sonia Junqueira (T&S - Texto e Sistema Ltda.)

Projeto gráfico
Diogo Droschi

Revisão
Cecília Martins

AUTÊNTICA EDITORA LTDA.
Editora responsável
Rejane Dias

Belo Horizonte
Rua Aimorés, 981, 8º andar . Funcionários
30140-071 . Belo Horizonte . MG
Tel.: (55 31) 3222 68 19

São Paulo
Av. Paulista, 2073 . Conjunto Nacional
Horsa I . Conj. 1101 . Cerqueira César
01311-940 . São Paulo . SP
Tel.: (55 11) 3034 44 68

Televendas: 0800 283 13 22
www.autenticaeditora.com.br

Revisado conforme o Novo Acordo Ortográfico.

Todos os direitos reservados pela Autêntica Editora.
Nenhuma parte desta publicação poderá ser reproduzida,
seja por meios mecânicos, eletrônicos, seja via cópia
xerográfica, sem a autorização prévia da Editora.

Dados Internacionais de Catalogacao na Publicacao (CIP)
(Câmara Brasileira do Livro, SP, Brasil)

Ribeiro, Ana Elisa
  Sua mãe / Ana Elisa Ribeiro ; Rosinha, ilustrações.
– Belo Horizonte : Autêntica Editora, 2011.

  ISBN 978-85-7526-556-7

  1. Contos - Literatura infantojuvenil
I. Rosinha. II. Título.

11-07556   CDD-028.5

Índices para catálogo sistemático:
  1. Contos : Literatura infantil 028.5
  2. Contos : Literatura infantojuvenil 028.5

Ana Elisa Ribeiro

SUA MÃE

Rosinha
ilustrações

autêntica

Nasci sem NOME nenhum.
Em uma semana, já era NENÉM.
Neném pra lá, neném pra cá.
BEBÊ pra lá, bebê pra cá.
Bilu-bilu, nhe-NHE-nhem.

DESCOBRI VÁRIAS COISAS
DEPOIS QUE NASCI:

QUE O ESCURO É DE NOITE,
QUE A LUZ É DE DIA.
E FUI FAZENDO MEUS CALENDÁRIOS:

A LUA MUDA DE JEITO.

O SOL NÃO MUDA.

SÓ QUANDO AS NUVENS

FAZEM VÉUS NELE.

APRENDI QUE QUANDO A GENTE TEM FOME
A GENTE MAMA.
QUANDO A GENTE TEM SEDE
A GENTE TAMBÉM MAMA.
MAS SÓ QUANDO A GENTE É DO MEU TAMANHO.

O MAIS DIFÍCIL DE APRENDER MESMO
FOI O NOME DA MINHA **MÃE**.

EU TINHA NOME, MINHA **TIA** TINHA NOME,
MINHA AVÓ TINHA NOME,
A **LIRA**, NOSSA CADELINHA, TEM NOME.

MAS A MINHA MÃE ERA **SUA MÃE**.

— CADÊ SUA MÃE?

— TÁ COM SAUDADE DA SUA MÃE?

— PEDE PRA SUA MÃE.

— VAI DORMIR COM A SUA MÃE.

— SUA MÃE ESTÁ **BRAVA**.

— SUA MÃE ESTÁ AÍ?

O NOME DO MEU AVÔ TAMBÉM ERA DIFÍCIL DE SABER.
E VOVÓ SEMPRE GRITAVA AO PÉ DA ESCADA:

– Ô BEM, VEM ALMOÇAR!

– Ô BEM, COMEÇOU O JORNAL!

– Ô BEM, ATENDE O TELEFONE!

UM DIA ME PERGUNTARAM O NOME DO MEU AVÔ:

– É Ô BEM, UAI.

Ô BEM E SUA MÃE SÃO NOMES TÃO BONITOS!
SÓ NÃO SÃO MAIS BONITOS
DO QUE NENÉM.

A AUTORA

Nasci em Belo Horizonte (MG), em 1975. Moro na mesma cidade até hoje, no bairro Renascença. O meu amor pelas palavras, pela leitura e pela escrita é tanto, que, desde adolescente, resolvi que arranjaria um jeito de passar a vida pertinho dos livros e dos textos. Os livros deixaram de ser só de papel, ganharam novos formatos, e eu continuei apaixonada por eles. Foi por isso que me formei em Letras na UFMG, fiz mestrado e doutorado. Trabalhei em editoras e depois resolvi ficar mesmo na sala de aula, mostrando aos meus alunos que ler e escrever é muito bacana. Tenho um filho chamado Eduardo que sempre me pede para ler um livro na hora de dormir, e nós inventamos histórias juntos.

Sou professora do Centro Federal de Educação Tecnológica de Minas Gerais, o CEFET—MG, onde dou aulas para pessoas que gostam muito de entender como a linguagem funciona. Nas horas vagas, continuo lendo, lendo, lendo. E gosto bastante de dirigir, comer coisas gostosas e escrever poemas. Publiquei três livros de poesia e tenho vários textos em coletâneas, mas o espaço em que eu mais curto publicar é o Digestivo Cultural, site para o qual escrevo crônicas. Quem sabe você vai lá me visitar um dia?

A ILUSTRADORA

Nasci em Recife, moro em Olinda e em dois anos e dez meses tive três filhos lindos. Quase trigêmeos! Vivi intensamente a primeira idade das crianças, e uma das perguntas que mais fazia era: o que será que passa na cabecinha deles? Ilustrar este livro trouxe de volta memórias das brincadeiras, das traquinagens, dos aconchegos e, principalmente, do encantamento das primeiras palavras e pensamentos. Hoje meus filhos estão grandes, mas o mistério continua: o que será que passava na cabecinha deles?

Rosinha

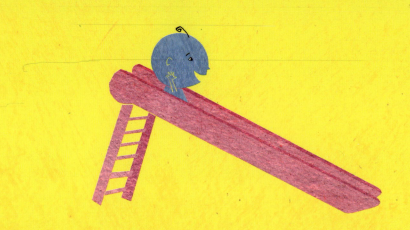

Esta obra foi composta com a tipografia
Anke Sans e impressa em papel Couché Fosco 150 g na
Formato Artes Gráficas para a Autêntica Editora.